水分れ、そして水隠れ

瀬崎祐

思潮社

水分れ、そして水隠れ

瀬崎 祐

思潮社

目次

装幀＝思潮社装幀室
扉写真＝著者

水分れ、そして水隠れ

奥津のとき

嵐がすぎた日に　小さな人とならんで露天風呂につかっている　湯の表面には周りのクヌギから散った葉が何枚もうかんでいる

肌が痛くなるほどの熱い湯に　年老いた小さい人は　ううう　くくく　と甲高い声でわめいている　切れ切れの声なのだが気持ちがいいということなのだろうか

小さい人は片手ぐらいの大きさで　実はわたしが手のうえにのせている　だから　わたしの気が緩むと小さい人

は湯のなかに沈んでしまう
いつも気を使ってやらなければならない　面倒くさい奴
なので本当は追い払いたいのだが　気がつけば横柄な態
度でいつのまにか傍らにいる

亡くなった父母も小さい人には親切だった　お前も小さ
い人のおかげでここまで大きくなったのだよと　いくど
となく聞かされたものだった
かすかな風が頬をなでてクヌギの葉がまた落ちてくる
湯気にわたしの意識が溶けていきそうになる　思わずわ
たしは　ううう　くくく　と声をもらす

わたしも湯に沈んでしまいそうだよ

夜の準備

1

ここからは崖の上に止まっている大きなトラックがよく見える　夕刻になるとあの崖上に戻ってくるのだが　少し前に進むだけで崖から落ちてしまいそうだ　そんなぎりぎりの場所で　いつも夜をすごしている

昼の間はどこかへ作業をしに行っているのだろう　溶けたものを運びつづけているのだろう　恨みや嫉みを溶かして　言葉が重く揺れてうねる　悪路でトラックは跳

ね　荷台からこぼれたものは路上に点々と跡をつける

幼い日に玩具のトラックの荷台で運んだのは　姉の大切なものだった　少しもこぼさないようにと　ゆっくりとトラックを動かしたのだが　やはり　ぼろぼろと荷台からこぼれるものはあったのだ　そんなとき　かたわらの姉の横顔を見ると　なにかに驚いたように大きく目を見ひらいていたのだった

姉は遠くに去り　わたしはここで汗まみれになって夜の準備をしている　やがて崖の上の風景は暗く閉ざされて大きな窓ガラスはわたしだけを映しはじめる

2

崖の上につづく道の登り口ならよく知っている　ほら石垣に挟まれたこの狭い路地がそうなのさ　でも　すぐに道は分かれている　頂上までまっすぐにつづく木組みの階段を登りつづけるか　それとも　右に大きく曲がってゆるい坂道をどこまでも歩きつづけるか　さあ　どちらにするかね

引っ越しのためにいろいろな玩具も処分して　家が空っぽになった日の昼下がりに　あら　お姉さまはどこにいらっしゃるの　と　叔母さまがお尋ねになったのだった　わたしは風が強くて聞きとれない風を装ったのだった

ほら　ここまで登ってきた　下に見える景色は蜃気楼の
ように浮かんでいるね　それにしても　こんなところに
古ぼけたトラックが止まっているなんて　幼い日には思
いつきもしなかった

姉は遠くに去り　トラックの荷台からこぼれたものはど
のあたりに滲んでいったのだろうか　荷台の片隅でこぼ
しそこねたものが　暗く色を変えて　まだ佇んでいる

水分れ

浅い午睡から醒めると　わたしが走りはじめる刻限になっていた　湿り気をおびた鈍い陽のなかで　わたしをかこむ風景がうつろっていく　小さな雨粒が落ちはじめる　遊歩道に沿った疎水には無彩色のかすかな波紋がひろがる　なにも持つことを許されなかったわたしは　次第に身体を湿らせていく

夕刻に雨は強くなる　大きな欅のそばには　雨傘をさしてビールの缶を手にした黒い男が佇んでいる　男は冷た

い雨のなかでビールを口に含む　傍らの傾いた小屋の軒下には　集配人が来ることもなくなった小さな赤いポストがある　どこかで届けられるものをひたむきに待っている人もいるだろうに

男の視線はわたしを哀れむようにとらえているのだろうか　全身が濡れたわたしは　この雨のなかをどこまで走ればいいのだろうと思う　滴るものをまとってしまったからには　身体はもはやわたしを許そうとはしなくなっている　明るさは乏しくなり　足もとの細かなうねりも見わけられなくなっている

疎水は途絶えて山あいをたどる道筋となっている　空は木々におおわれて　刻限をはかることもできない　ゆるく曲がった道筋に民家があらわれ　庭先に走りでてきた

幼子がわたしに向かって　おかえりなさいと叫ぶ　高い
声が夕闇のなかに伝わっていく　そうか　ここがわたし
の帰る場所だったのか

幼子はわたしに雨傘をさしだし　冷たいビールの缶を渡
してくれる　そうか　わたしはゆっくりと走りつづけ
て　雨の向こうまで来てしまっていたのか　庭に面し
た座敷には黄色い灯りがともされ　なにやらざわめき
も聞こえてくる　これからわたしのための宴がはじまるの
だった

うずくまる人

暗い部屋の片隅にうずくまる人がいた　頭から麻のような布をかぶっていて　顔も身体も隠している　身をまるくして　外と触れる部位を可能な限り少なくしようとしているようだ

うずくまる人は　隠れることによってそこにいる　隠れることを止めてしまったら　きっとそこにもいなくなってしまうのだろう　それが寂しいことであるのかどうかは　別のこととして

もしかすれば　うずくまる人は　わたしの大切な人なのかもしれなかった　それならば　お腹が空いているはずだった　しかし　なにかを与えることがわたしに許されるはずもなかった

うずくまる人にとって　布でおおった暗い空間の外には何があることになるのだろう　何も存在していないのだろうか　それとも　自分に対峙するすべてのものが積み重なっているのだろうか

うずくまる人について考えていると　その人がいることはなんでもないことのように思えてくる　部屋を出て二階に上がろうとすると　階段の暗がりにもうずくまる人がいた

先ほどの部屋にいた人と同じ人のようにも思えるし　違う人のようにも思える　この人もわたしの大切な人なのだろうか　この人もお腹が空いているのだろうか

いつからか　うずくまる人は街のいたるところにいるのだった　わたしが行こうとする場所には　うずくまる人がいるのだった　信号が変わるのを待っている交差点の端の方や　果物を買おうとして入りかけた店の扉の陰にも　うずくまる人はいた

うずくまる人に気づいたわたしが見ようとすると　その人たちは　慌てて麻の布をひきよせて顔と身体を隠そうとするのだった

泳ぐ男

男は暗い海を泳いでいた　息をつぐために顔をあげる
と　波の合間からかなたに摩天楼が重なるシルエットが
見えた　あそこまで泳ぎつづけなければならないのか
男は両腕が重くなったことを知る　また　別の息つぎの
ときには　波の合間からは赤茶けた砂漠のうねりが見え
ていた
あそこまで泳ぎつづければ　次に何が待っているのだろ
うかと男は考える　身体は冷えきり水をかく手足も痺れ
てきていた

しかしそんなことは湯船のぬるい湯に浸かっている男が
夢みていることだったのだ
実は　男は心地よい温かさに包まれているのだった　男
は今日一日のでき事も溶けてかたちがわからなくなるよ
うな温かさに満ちている
そこは大きな病院の地下にある大浴場で　深夜のために
ほかには誰も居ないのだった　代わりに　昼の間に亡く
なった人々の身体から抜けだした記憶が　すずやかに重
なりあってこの地下へ沈んできているのだった

泳ぐ男は暗い海でかじかんできた手足を必死に動かしな
がら　ぬるい湯に浸かっている自分を思い描いていた
それは必ずしも男が望む状態ではなかった　しかし　手
足を動かさずに湯に浸っていられるのは　どれほど安楽

なことだろうとも思えた
同時に怖れもあった　その安楽さは何かを自分から奪っていくのだろう　失うのはどのような温度のものなのだろう　男の身体の周りに記憶がゆるやかに溶けだしていく

水面を揺らさないように息をつめて肩まで湯に浸かっていると　浴槽の反対側から　冷たい水をかかなければ沈んでしまう男がどんどんと近づいてきた
今や　すぐそこまで泳いできた男が目の前にいる　その男には冷たい海がすべてなのだろう　はるかかなたの摩天楼や赤茶けた砂漠をもとめているだけなのだろう　彼が温かい風呂場など望むはずがないではないか
あまりのことに　温かい安楽さのなかで男は静かに泣きはじめるのだ

拾う男

ちいさな車輪がついた台車はときおり軋む　病棟をつな
ぐ通路の曲がり角ごとに落ちている眼球を拾いあつめて
歩くのが　わたしの仕事だ
眼球は　まだ湿っていてすこし押さえただけで粘液がに
じみでてくるものもあれば　乾ききって白濁しているも
のもある　それらを台車のうえの籠にいれていく

なぜこんなにもたくさんの眼球が落ちているのだろうと
当初は不思議に思ったものだった　しかし　思われてい

るよりもずっと容易に眼球は落ちてしまうものなのだ
それは忘れやすい言葉のようなものだ
たとえば　眼球は人が振り向いたときに落ちやすくなる　背後の遠いところに置いてきたものをもう一度見つめようとすると　眼球をつなぎとめているしがらみは容易にほどけてしまうのだ

また　ある人は見えてしまうことの痛みから解放されようとして　眼球を捨てようとさえするのだ　いま眼前にひろがっている風景はただ見えているだけで　そこには未だなんの意味もない
通りすぎた風景は眼球の奥に取りこまれて　やわらかい膜でつつまれる　そこで風景ははじめて物語としての意味を持ちはじめる

病棟を巡りおえるころには　台車のうえには眼球が山のように積みかさなっている　生きてきた人には今日までの風景が張りついている
しかし　眼球を失った人はそこに貯えられていた風景も失っている　夜ふけ　地階にある大浴場の天窓に向けて　わたしは台車をかたむけて眼球を落とす

開けはなたれた天窓をぬけて浴槽に沈んだ眼球は　湖までつづく隘路を流れていく
わたしは湖にたどりついた眼球を想う　きっと湖岸近くの水面には夥しい数の眼球がただよっているのだ　人々からにじみでた記憶はそこで入り混じり　新しい風景が溶けこんだ湖に変容していく

水隠れ

幼いころに老舗の温泉宿でもらったのよと　叔母が藍染
めの巾着袋をわたしてくれたのでした　口を絞った紐で
ぶら下げてその巾着袋を振ると　小さなものが触れあう
微かな音がしました

乾ききったいろいろなものが入っているのよと　あの日
叔母は微笑んだはずでした　たしか　蓋のついた金属製
の容器も入っているはずよ

その容器には金魚の絵が描かれていて　わたしに必要な
錠剤を入れておいたとのことでした　薬はあなたの前に
立つときのわたしに必要なものだったのです

色褪せた袋は　わずかに指先だけがはいる間隙をのこし
て　今は閉じられています　無理に開こうとすれば　細
片にちぎれてしまうものとして　わたしの手にあります

眠りについている小さなものたちをかき乱さないよう
に　指先だけで静かになかを探ると　深いところにある
容器のなかでわたしの錠剤が音をたてます

たしかにそこにあるのですが　わたしの指先はいつまで
も容器に触れることはありません　いつまでも叔母のや
さしげな口元をまさぐっているようなのです

水が湧いてくるように　袋のなかで生まれてくるものも
あるのでしょう　水に浸されてわたしの心臓の動きはと
きおり不規則になります

袋の儚さは口実になります　あなたの視線を避けよう
と　裏木戸から逃れてしまうことを夢想しているのです

いつのまにか　袋のなかは水で満たされていて　柔らか
く動くものも袋のなかにあるようです　乾ききっていた
ものたちがうるおされていくのです

明かりを落とした部屋の片隅に取りのこされたわたし
は　微かな音をたてて　袋のなかで眠りにつくのです

塔屋にて

思いやりにあふれた微笑をかわしながら　わたしたちは
螺旋階段をのぼっていく　あなたが胸にかかえた鋭利な
診察器具が高窓からのかすかな光をにぶく反射している

人影の絶えた週末の午後に塔屋の病室をめぐり　慢性疾
患を病む老婆たちを診察することが　わたしたちにあた
えられた仕事だ　その手順がつみかさねられていく

老婆たちのほとんどは　原因不明の口渇状態を呈してお

り　つねに薄い唇を舌で湿らせながらあえいでいる　そ
れにもかかわらず　異様なまでに発汗は亢進していて
皮膚をなまあたたかく光らせている

暗い病室には微細な生きものが繁殖しはじめているのだ
が　なにへの恐れなのか　風を嫌う老婆たちは窓を開け
ようとはしない

見開かれることが絶えて久しい老婆たちの眼には眼脂が
こびりついている　そのために　老婆たちの視界は狭め
られている　失われた風景に記憶がのしかかっている

この病棟では生きていることは記憶に耐えていくことで
もあった　わたしたちは老婆たちの膿で汚れた記憶をて
いねいに取りのぞき　代わりに義眼をはめこんでいく

病室をでると　回廊を強い風が吹きぬけている　いつのまにか　あなたの眼球は白濁しており　高窓からの光を求めて頤をかたむける

さえぎられた風景の中であなたは発熱しており　頭の先から濡れはじめている　そして　深緑色の苔のようなものを浮かべた水滴を　その足跡ごとに残してきている
わたしも熱にとらわれている

陽が翳り　澱んでいるものが濃くなっていく　こうして老婆たちの眼脂を取りのぞきながら　わたしたちは高みへたどりつく

最後の黴だらけの病室では刻を計ることも許されない

帰路をうすくしてしまったわたしたちは　四方の壁に埋
めこまれた無数の義眼に見つめられながら　熱の在りか
を頼りに　たがいの記憶をさぐりあう

言葉屋

昔は大通りのあちらこちらに言葉屋があった　そのころは誰でも言葉屋で好きな言葉を買うことができた　その言葉をつかって街の人たちは会話を交わすのだった

店のなかにはいろいろな言葉が天井から吊りさげられたり　壁に掛けられていた　それらの言葉は見る人ごとにいろいろな色に染まっているようで　まるで遊園地の遊具のようだった
そんな言葉たちが話しかけてきて　心は浮きたつようだ

った　それまで知らなかった言葉にであったときの喜びもあったのだ

その事件は晴れた日のお昼どきに起こった　言葉屋の前の大通りで激しい罵り合いが起こったのだ　集まった人々は聞いてはいけない言葉の数々に耳をふさいだ

その罵り合いは街の暮らしを変えることになった　人々が争うのは言葉があるからではないかと言われはじめたのだ
諍いをもたらすという理由で　はじめに感情をあらわす言葉が禁止された　それから交わされる言葉はいつしか簡略化されていった　多様な言葉は不要となり　主語と動詞だけがのこった

言葉屋は次々に店を閉じていき　今はどこにも見かけなくなった　行動を伝える言葉だけが交わされる街で人々の諍いごとはなくなった　無表情になった人々は静かに暮らしている

ときおり　陽だまりにいる猫がなにやら丸められたものを手玉のようにしてじゃれている　そこには閉じこめられたものが蠢いているようなのだ　丸められたものが拡げられれば　なかのものは街中に解き放たれるのかもしれない

人通りもまばらな大通りでは　かつては言葉屋だった廃屋が人々の背に影を落としている

逡巡が渦まいて、夜が

街の人々が言葉をうすくしてしまったので　風景はくっきりとした　名詞と動詞だけで会話がおこなわれるこの街では　他者との関係に曖昧なことはなくなった　人々の思惑はどこかに忘れられ　役にたつ言葉だけが大声で伝えあわれている　無表情な街は機械のようにうごいている

ときには束縛から離れて秘かに言葉を交わす人もいる
しかしぎこちない彼らの言葉は　ほとんどの場合で感情

がいきちがう結果をもたらした　そして争いごとを起こした彼らは拘束されていき　二度と他者と言葉を交わすことはなかった　かつては様々な言葉を商っていた言葉屋もなくなった

そんな今は　しっかりと風景を見なければいけないよ見ることが辛いからといって眼球を捨ててはいけないよ　紅色を見ることを失えば　疾病がお前を襲ってくるだろう　しかし　逡巡も許されないこの街で　風景はどのようにしてお前の虹彩に取りこまれるのだろう　それは遙かなものだろうか

そんな街から出ていこうとする人もいる　街に留まることが強制されているわけではなく　移住が咎められることはない　しかし　この街をかこむ城壁にひとつだけ設

けられた大門から出ていった人の　その後の消息を知る
術はない　そんなことを伝える言葉を捨てた地点にこの
街は存在しているのだった

城壁の窪みに押しこまれていたといって　お前が鞄から
伝言メモをとりだす　誰もが伝言を怖れて　いたるとこ
ろで朽ちることを委ねられたメモなのだろう　そのメモ
の噂は聞いたことがあった　なかを覗いた人は　一面に
書き連ねられた意味の判らない言葉に全身が震えるとい
う

お前が眠りにおちてからメモをひらいてみる　そこにあ
ったのは夥しい接続詞だった　だから　でも　しかし
それならば……　言いきることのできなかった逡巡が渦
まいている　わたしの気持ちがゆれうごく　言葉が閉じ

こめられたこの城壁の街で　お前をどこに連れて行こう
か

扉を閉ざして、人々は

訪問販売の仕事は気楽なものではない　鞄に入れたものがわたしを不安定にかたむかせる　家々に閉じこもっているる誰がわたしを　いや　鞄のなかみを必要としているのだろうか　商売のためには　わたしは誰かに夢をみるように仕向けなくてはならないのだ　道をよこぎるわたしの歩みがかたむいていく

鞄のなかからは　見本品を早く取りだすようにうながす声が聞こえる　街の人々に早く安寧をあたえてやろう

よ　もう少し待つようにわたしは囁く　ここで焦っては
いけない　やがて鞄のなかみは発熱しはじめる　説明の
文脈が熱く攪拌されはじめる　お互いに意地をはってい
たものが溶けて混ざりあう

いざ鞄のなかみを取りだそうとして　わたしは困惑す
る　こんな醜いものを入れたつもりではなかった　わた
しは今までなにを持ち歩いていたのだろうか　販売して
もよいものだろうか　他人が欲しがるものなのだろう
か　他人が欲しがるものを　なぜわたしが運んでいるの
だろうか

欲しいものがあるならば夜の旧市街で購入してくればよ
いのだ　それなのに　わたしは鞄を引きずって歩いてい
る　形容詞や接続詞がずりずりとわたしに引きずられて

いる　鞄の端の方はすり減っている　月が満ちて　また欠けてしまうほどに長い間　わたしは逡巡するものを引きずっていたのか

雨の日は言葉が湿ることが気がかりだ　湿ることによって言葉は色を変える　形を変える　なかみを説明する言葉から意味は失われ　どこかなめらかなものになっていく　安寧のためにわたしは雨を待っていたのかもしれない　わたしは鞄へ新しいものを入れるときがくることをいつも待っていたのだ

しかし　陽がかたむいても　わたしの鞄が満たされることはない　石橋の下を流れる河が城壁の周りをつつむ問いかける人は扉を閉ざしている　この路地から城壁を見ることはできない　わたしもまた閉ざされている　街

のあちらこちらの壁に　乾いたわたしの笑いごえが伝言
のように張りついている

湖のほとりで

嵐が過ぎた朝の湖岸には　おびただしい数の眼球が打ち
寄せられている　昨夜も　嵐にまぎれてたくさんの人が
眼球を捨てにこの湖を訪れた　見ることに耐えられなく
なって　あらゆる風景を拒んだ人たちだ　それは　話す
ことに疲れた人たちが言葉を捨てるようなことだったの
だろうか

あなたの地平線はいつも左にかたむいていた　そして
別のあなたの水平線はいつも両端で弧をえがいていた

見える風景が歪みはじめたとき　顔面の様相も変わっていく　おだやかに凪いだ目元が怒りによってそのかたむきを変えたりもした　そんな風景が黙って積みかさなっていたのだ

朝の湖岸で眼球を拾いあつめる人もいる　嵐の一夜の湖面でゆれながら　それでもなお頑なに網膜にこびりついている汚れもあるのだが　拾い人は眼球に息を吹きかけ　わずかに湿らせてからその汚れをぬぐっていく　眼球を小箱に入れた人の　そのあとのことは誰も知ろうとはしない

湖にただよいつづける眼球の網膜には　最後に見た風景がのこされている　眼球が水面でたがいに打ちつけ合っているあいだに　焼きついていた風景の角はとれてい

く　ものごとの輪郭はあいまいになり　なごやかなもの
へと変わっていく　棄てられて　責められることから解
きはなたれた風景だ

眼球が発していたうめきのような声も意味を失ってい
く　端の方から次第にうすくなった風景は　網膜からな
がれはじめる　城壁の街からは色彩も会話も失われて
低くたれこめた雲をぬって鳥がとびすぎていく

女将の場所

今日も変わりなし
女将は宿帳に記して眠りにつく

明かりを落とした部屋の片隅で
金魚のたてる水音がする

変わりはなくても
いろいろなものをいろいろな人にもらう日々だった
そんなものを藍染めの袋のなかに入れてきた

明日は朝早くから
この温泉宿から出立する人を選ばなければならない
そうやってわたしはすこしずつ消えていくのだ

鞄のなかに整然とならぶものたちが
この川岸にわたしをつなぎとめてきたのだが
舫い綱を解きほぐすように
ひとつずつそれを川のなかに沈めていく

わたしの身体がすこしずつ薄くなっていく

変わりはなかった一日の夜が更けて
月が蒼い

水際

とりだされた眼球を上手に保存するために　いくつかの
注意しなければならないことがある　なかでも　適切に
潤いをたもつことは大切だ

怒りによって乾きすぎた眼球はその表面が白く濁り　外
の光を捉えにくくなる　それは　ちいさな蛇の話しかけ
にも気づくことができなくなるようなことだ　反対に
哀しみで湿りすぎた眼球からは幼かった日々が流れだし
てしまう

眼球からひとたび失われた風景が戻ることはない　薄暮のなかで小皿に置かれた眼球は　どこからともなく吹きこんでくる風に身震いしながら　とりとめもなく思い出を重ねあわせている

適切な潤いをたもった眼球からは　ある朝　芽のようなものが生えてくる　天窓からさし込む光のなかで美しくみえる芽もあるし　すきま風に醜くかたむく芽もある

ありのままの芽のかたちに耐えることは　ときには辛い　向こうがわに隠れようとする芽に騙されてしまうこともある　苦みが全身に滲みていく　だから　醜い芽は摘みとらなければならないと誰もが考える　自分を騙すのは自分だけであるし　自分を騙したことも忘れていく

育まれた風景は　眼球が見てきた物語となっていく　少しだけ浮いた水際の道をたどりながら　眼球を入れた小さな箱をふってみる　なかで何かが触れあう音が指先に伝わってくる　箱に描かれた金魚の絵は　いつまでも可愛い

仮初めのわたしが歩いていく

その店へたどり着くには　入りくんだ細い路地の角をいくつも曲がらなければならない　曲がる角をまちがえると　なぜか路地の入り口に戻ってしまう
袋小路の突きあたりの店はひっそりとしたたたずまいで　まるで　この店を訪ねるのは後ろめたいことであるかのように思わせる

こちらで貴方の本当の顔の型をとります　今の貴方の顔は　あまりの情熱に眼窩が溶けてしまいそうですし　あ

まりの困惑に額から右頬にかけてひび割れができはじめ
ていいます
いちど本当の顔の型をとっておけば　どんなに歪んだ心
になっても修復することが可能になります　いつでも本
当の貴方に戻ることができます　安心して喜怒哀楽に身
をまかせることができるようになります
さあ　貴方の本当の顔の型をとりますよ　一番自然な表
情になってください　本当のお顔に戻っていただき　合
図をするまで動かないようにしてください

肩の力をぬき　背筋をのばす　しかし　あらゆる感情を
殺した表情の顔をつくるにはどうしたらよいのだろう
いったい　どの表情がわたしの本当の顔だったのだろう
か
迷っているあいだに冷たい粘りけのあるものが眼を閉じ

た顔面に押しつけられる　鼻のあたりから眼のあたり
口から顎へと伸ばされていく
口元をすこしひきすぎてしまったかもしれない　眉がす
こし持ちあがってしまったかもしれない　そのために本
当のわたしではない表情の型ができてしまったらどうし
よう

その店で型をとってから　わたしは自由になった　どん
な顔をしたってそれは仮初めの顔で　本当のわたしの顔
は型に残してきているのだから
今日も雑踏のなかを仮初めのわたしが歩いていく　そし
て仮初めの顔をした人々とすれ違う　しかし　本当の顔
の型をとった店はどこにあったのだろうか　仮初めのわ
たしにはすでに思い出せないものになっている

仲居の仕草

蒲団のうえに脱ぎ散らかされた浴衣をととのえ　裾や合わせ目からこぼれる昨夜の眠りの残渣を手籠に集めていくのが　今朝のわたしの仕事です　夜半からの風が強かったので　露天風呂に散った葉も多かったことでしょう

帯のあたりを湿らせている浴衣もあります　その湿りに指先が触れると　わたしも身体の芯から冷えてくるようです　さやら　さやら　旅人が去った部屋に脱ぎ散らかされているのは　そのように冷たくなったものたちです

眠りの前に　離れでの祝言がいつまでも騒がしいのです
が　と言われた男の人がいました　その人はまるで肩の
あたりに小さい人を乗せているかのように　あたりを気
にしていました　その仕草はわたしと同じだったのです

しかし昨夜は　祝言などはどこの部屋でもおこなわれて
はいませんでした　夕刻になってついに降りはじめた雨
のなかを　この宿にたどりついた人などいなかったので
す　喜びの宴がおこなわれたのはもう昔のことなのです

その男の人は小さな箱をとりだしながら　小指を針で刺
しました　ふたに描かれた金魚に餌をやりたいのです
とのことでした　ぷっくりと滲んで盛りあがってきた血
の一滴を小箱のなかに垂らしたのです　これで安心です

それから　昨夜はほとんど眠れなかったので夕刻まで伏せますと言って　廊下の角を曲がっていかれました　さやら　さやら　その後ろ姿を見送るように帳場からでてきた女将は　震える指先と一緒に立ちすくんだのでした

風呂焚きの覚悟

大浴場の湯は夕刻までにわかします　かたむく陽と競いながらの仕事です　形のあったものたちが釜のなかでその表情をなくしていきます　まとわりついていた名前や役割が棄てられていきます　風が炎をあおり　棄てられるものの熱がわたしの頰をかわかし　皮膚をめくりあげようとします　見えないところにあったものの表情です

炎になるのは薪だけではありません　女将が持ちこんだ古い帳簿を燃やしたこともありました　祝いごとの宴に

集った人々のひと夜の記憶です　炎のなかから華やかな声がにじんでくるかとも思ったのですが　炎は無言で揺らめくばかりでした　歌声はかなり以前に失われていたのでしょう　それがひと夜の宿ということなのでしょう

温泉宿の彼方ではあちらこちらで白い煙がたちのぼっています　野原が焼かれているのです　つぎに育まれるもののために　これまで育まれてきたものが焼かれていくのです　湯がわかされ　遠いところからやって来た旅人が夜更けて湯につかります　あたためられた身体のなかに　もういちど声をしのばせたいと願っている旅人です

この宿で夜をすごした人々が部屋の間取りをすこしずつ変えていきました　そして　わたしののばした人さし指の先端に青白い炎があらわれます　髪の毛が逆だち　そ

の先端も燃えはじめます　嵐が近づいているのでしょう　他者に熱をあたえた炎があたりをつつみます　今宵の湯からわきあがる歌声は　湖までとどくのでしょうか

忘失の人

改札口で上着のポケットを探ると　それは失われていた　地下鉄に乗るときには　それはたしかに指先に触れたことを覚えている　どこで失ってしまったのだろうか　周りの人に尋ねようとして　わたしは困惑する　あれは何だったのだろうか

大切なものだったはずなのに　わたしの記憶は曖昧なものになっている　あれの形も色合いもわたしの中からは遠いところにいってしまっている　果たしてあれは何の

ためのものだったのだろうか　わたしはなぜあれを必要としていたのだろうか

夜がふけていく　時間がすぎれば失ったものはますます見えにくくなるだろう　時間とともに　曖昧だったその形がさらにゆがんでしまうだろう　すぐ近くに在っても　わたしが見分けることのできないものに変容してしまっているのではないだろうか

急がなくてはならない　約束の刻限がせまっている　失ったものを捜しだして　地下鉄を乗り換えなければならない　遺失物が届けられるという場所はどこにあるのか　周りの人に尋ねると　その階段を降りたところにありますよ　と口々に教えてくれる

灯りの乏しい螺旋階段を降りていく　わたしが降りよう
とすれば　いつまでも階段は下に続くものになるよう
だ　ここから引きかえすことはできるのだろうか　わた
しが上がろうとすれば　階段は上に向かうものになって
くれるのだろうか

螺旋階段を降りつづけているわたしは　すでに周りの人
には忘れられているのかもしれない　どんな顔の人物だ
ったのかを誰も説明できないのだろう　わたし自身が遺
失物となったときに目の前に扉があらわれ　わたしはそ
こへたどりつくのだ

月が溢れて

月が満ちてくると　薄衣のおもてに滲んでくるものがある　染みのように見えたそれはあたりを潤して薄衣を重く冷たくする　それは卵を育むために滲んできたのだが　やがて溢れて行き場をうしなう　束の間　陰のある窪みに安寧をもとめ　次いで流れだす部分をさがして冷たいままに沸騰する

液体は薄い皮膜をつくり自らを閉じこめる　隧道の向こうに広がる荒野を夢見ながら眠りにつく　それはいつし

か卵と呼ばれるものに我が身を変容させていく　今は卵
液となったもののなかには細かな結晶が浮遊している
窓からの光をはねかえしながら　結晶はしずかに卵の底
の部分に堆積する

底から積もったものは壁を薄くおおい　見透かそうとす
る視線をさえぎる　見えない位置での凜としたたたずま
いは怒りともなり　その激しさは夜ごとに増していく
さらに怒りは境界を越えて周りのものを侵しはじめる
領分の破壊といえるのかもしれない　それが怒りの悪意
たる所以なのだ

そんな怒りでうねる身体を老女はやさしくさする　その
仕草は身体を滑らかにして月の光に煌めくものへと変え
ていく　いよいよ月が溢れて　ある者は全身に滲んでい

る卵液におおわれる　その場から立ち去る者　いつまでも留まる者　薄衣の端をもちあげてそのすきまから月の光に近づこうとするとき　その者の視力は失われる

ふりかえると　女たちが夢に見た荒野にはいくつもの卵がころがっている　隧道を越えたこの荒野を望んで誰かが運んできたのか　それとも　卵自身が風にゆれることを選んだのか　卵液を満たしたそれらは自らをゆらしながら荒野にころがっている　それを滑稽だと思いながらも　そのたわみに我が身をなげだしたくもなるのだ

女将の出立

夜が明ける前に出かけましょう　わたしは光を失うところへ行かなければならないのです
それは湖までの旅です　これまでのことは宿帳に記してすこしずつ身体を薄くしてきたのでしたが　さいごに残ったものを捨てにいくのです

その湖には　こんな夜にも光を捨てにくる人がいるのです　見ていたもの　見えていたものとの決別の場として
流れがたどりつく海からは離れたところを選ぶ人もいる

のです
そんな人たちの光彩には　小さな文字が書き込まれています　光はその文字とともに湖に沈められるのです

光を失った人が街へ帰ることはありません
生いしげった湖畔の葦のあいだによこたわり　見ることができないままに　風の言葉に我が身をまかせているのです

ねえ　夜空を飛んでいく鳥が見えるでしょう
かってはわたしたちは鳥族だったのかもしれません
自由に歌いながら　城壁を飛びこえていたのかもしれませんね

いつの日にか　湖は沸騰しているかのように泡立つこと

でしょう
わたしの代わりに見てください　湖からは夥しい光の環が浮きあがってくるのです　その環のなかからなにものかの叫び声がはじけるのです
光の環が放ったその叫びは　矢となって高みを行く鳥たちの羽根に突き刺さります

なにを伝えようとした叫び声なのでしょうか　鳥たちは何を託されたのでしょうか　その叫び声に鳥たちの歌が重なりあいます
これからはその光の刻限に向かって　わたしは生きていくのです

蟬翅の庭

秋になると庭のあちらこちらに翅が降りつもる　翅はこまかく入りくんだ脈管模様だけを支えとして残し　あとの部分は透けてしまっている　夏の日には　翅は膜の部分に風をうけて身体を浮かしていたのだったが　今は風がとおりぬけている

青い匂いが満ちていた夏の庭で　翅を備えていた主は木の幹から葉茂みへと軽やかにうつっていた　その飛翔のたびに　身体に湧いてきた水を細かいものにして庭に降

らしていた　いま　翅は主の身体の重さを失っている
風をうけるための支えを失っている

昼さがりの陽光がにじんでいる　わたしたちは翅を拾い
あつめ　東屋の白いテーブルのうえに並べていく　翅を
細い糸でぬいあわせて大いなる翅をつくるのだ　それが
できたときに　風をうける支えとなるものが　きっとわ
たしたちの前にあらわれるのだ

垣根のむこう　坂のうえには昼食をすませた屈強な男た
ちがたむろしている　これから道の角に穴を掘り　あた
らしい標識をとりつけるのだろう　その標識に指し示さ
れて　美しいものをもたなかったわたしたちのささやか
な逃亡も予定される

あとどれぐらい翅を縫いあわせたら大いなる翅になるのだろうか　身体の深いところからにじんでくる水で指先を湿らせながら　わたしたちはもっともっと翅を拾いあつめなくてはならない　翅は求める人のところへ舞いおりてきてくれるのだろうか

次の季節へとうつるものはすべて見送ってしまった　夜のなかで翅が舞いおりる微かな音がする　庭に面した広間に臥床したわたしたちのうえにも翅が降りつもる　おたがいの手を絡めあわせてわたしたちは　それから庭をおおう大いなる翅になる

月の雫

あなたの皮膚は透けるように薄い
それなのに
内側の柔らかいものを守ろうとして傷ついてきた

夜が更けて
月明かりに雲がながれていくのが見える

昼のあいだに皮膚にとりついた非難や中傷や罵りを
熱い湯のなかに沈める

動くとせっかく身体になじんだお湯が逃げてしまうよ
また熱いお湯が身体をとりかこむよ
あんなに熱いのは嫌だといっていたじゃあないか
だからじっと動かないで
身体に触れているお湯をなだめるのだよ

月明かりに笹の葉がかがやいている
風に鳴る葉音はここまでは届かないが
きっと乾いているのだろう

あなたの身体は
あなたが気づかないところでとても疲れている
湯が入りこむことを拒んでいるということなのだろう

揺れないように
あなたは目を閉じてさらに身体を沈めていく

揺れようとしているのは
あなた自身だったのか　それとも
揺れるまいと身体を硬くしていたわたしだったのか

ああ　湯のなかで勢いよく渦巻くものがある
やわらげられた湯がまたあたらしい熱を備えている

月の明かりにしたたるものもあって
笹の葉が揺れている
いましばらくは誰かが見ているのです

あとがき

虚と現の狭間にあって、どのような言葉でそのふたつの世界をつなげばよいのかと模索していた。互いに呼び合いながら、虚の言葉と現の言葉が、水彩絵具のように重なっていく。

さまざまな思いを孕んだ色が取り込まれ、その重なり合った部分は次第に暗さを増して、淀みの深いところへ降りていく。すっかり光から遠ざかったその深いところには、かすかに揺れるものもあるようだ。

もはや何も見せようとはしないその暗さに導かれて、指を差し伸べる。暗さの中にはすべての色が重なり合っている。その暗さは抗うこともなく指をうけいれ、誘われるように指は見えない部分へ入りこんでいく。揺れるものを探ろうとして、指は時間を失っていく。いや、時間を越えようとしているのかもしれない。

暗さにおおわれて見えなくなった指先はまだそこに在るのかと訝しい。まだ失われていないことを確かめるために、すでに見えなくなった指先で言葉に触れようとする。

遠くから叫び声が聞こえる。
呼んでいる誰かがいる。

今回も思潮社の小田久郎氏、小田康之氏にはお世話になりました。編集を担当してくれた遠藤みどり氏に感謝します。

瀬崎　祐

瀬崎　祐（せざき ゆう）

一九四七年生まれ

詩集『眠り足りない微笑』（一九六九年　思潮社）
『帆船・夏の果実について・その他』（一九八〇年　海とユリ社）
『風を待つ人々』（二〇〇二年　思潮社）
『雨降り舞踏団』（二〇〇七年　思潮社）
『窓都市、水の在りか』（二〇一二年　思潮社）
『片耳の、芒』（二〇一六年　思潮社）

個人誌「風都市」発行　詩誌「どぅるかまら」「ＥＲＡ」同人

〒七一〇-〇〇四七　倉敷市大島四九九の八高橋晃気付

水《み》分《わ》れ《か》、そして水《み》隠《がく》れ

著者
瀬崎《せざき》　祐《ゆう》

発行者
小田久郎

発行所
株式会社 思潮社
〒一六二―〇八四二　東京都新宿区市谷砂土原町三―十五
電話 〇三（五八〇五）七五〇一（営業）
　〇三（三二六七）八一四一（編集）

印刷・製本
創栄図書印刷株式会社

発行日
二〇二二年七月四日